LES COMPARAISONS ROYALES

A MONSEIGNEVR le Cardinal de Richelieu.

A PARIS,
Chez IEAN BESSIN ruë de Reims prés le College.
M. DC. XXVII.

EPISTRE.

MONSEIGNEVR,

M parmy les continuels labeurs de plusieurs années (qui ne m'ont faic aistre aucun subiet de releuer de la bonne fortune) i'ay recueilli ces Parallelles que ie vous donne : il vous plaira les auoir à gré, MONSEIGNEVR, & comme la premiere traitte des nfluences, m'honorer tant que i'épreuue en fin la douceur de quelqu'vne, pour changer les mauuais effects dont mon Ascendant est gouuerné. Ie suis

MONSEIGNEVR,

Vostre tres-humble seruiteur,

GARNIER.

COMPARAISON DE LA REYNE MERE DV ROY aux sept Planettes.

REYNE en qui le bon-heur tant de merueille enserre,
Puis que rien ne t'esgale au sejour de la terre,
Et que là haut ton prix est graué dans les Cieux,
Ie m'y veux transporter sur les aisles d'vn Ange,
Afin d'y recognoistre vn subjet à mes yeux
Digne de ta loüange.

Conduit par la faueur des nœuf Muses brunettes,
Là ie veux t'esgaller aux sept claires PLANETTES,
Dont l'influence regne au tour de l'Vniuers:
Et faire aussi iuger en esmaillant ta gloire,
Qu'il faut malgré l'enuie accorder à mes vers
La Palme de Victoire.

Mais c'est parler de noise, il vaut mieux se restreindre;
Où sont les MAIESTEZ on y doit se contreindre,
N'y pouuant sans forfaict & sans tort quereller:
A tous donc la campagne & les armes i'y quitte
Pour suiure ma carriere, & faire estinceler
Aujourd'huy ton merite.

Or sus ma Calliope, afin que ie respire
Dignement comme il faut les honneurs où i'aspire,
Augmente les appas qui releuent ton front:
Et me donnant ton luth qui charme les oreilles,
Fay qu'ainsi de MARIE, au plus haut de ton Mont,
I'annonce les merueilles.

I. DIANE est claire & blanche, & d'vne grace mesme
Ton visage reluit d'vne blancheur extremme:

Diane ayme la chasse, & rien ne t'est plus doux;
Sur toutes Deitez elle est chaste & pudicque,
Et de ces noms ie t'ose appeller deuant tous
La premiere & l'vnicque.

Maint bel Astre en la nuë est veu flamber pres d'elle,
Et parmy les forests mainte fille tres-belle;
Mainte beauté Diuine est luisante auprés toy:
Dans l'obscur elle brille, & parmy tant d'affaires
Qui naissent tous les iours dans le Conseil du ROY,
Brillant tu nous esclaires.

2. MERCVRE a le bien dire, il est prudent & sage,
Accort & vigilant: vn pareil aduentage
D'vne esgale creance orne ta MAIESTÉ:
La paix il entretient, ses faueurs tu nous donnes;
Il cherit la Musique, & tu mets en clarté
Cét Astre des Couronnes.

3. VENVS est claire-brune, & l'on te void semblable;
Venus est toute belle, attrayante, agreable,
Qui te iugeroit moindre il seroit priué d'yeux:
Elle est comme toy Reyne, elle abbat les tempestes,
Et refrenant leur cours, ton pouuoir radieux
En affranchit nos testes.

Elle sceut dompter Mars le Prince des gend'armes,
Tu sceus dompter vn MARS, esclattant dans les armes
Comme vn foudre qui tombe en Esté sur les monts:
Elle est generatiue, & par toy vit au Monde
Vne eslite d'ENFANS de qui bruyent les noms
Sur la terre & sur l'onde.

4. PHOEBVS esclaire aux Cieux, tu reluis par la terre:
Ses yeux r'animent tout quand leur flame il desserre;
L'esclat de ta presence esgale ce bon-heur:

Phœbus est Roy des Vers, & toy Reyne des Muses,
Daignant pratiquer mesme, en leur faisant honneur,
Leurs sciences infuses.

5. MARS est vn Dieu guerrier, & quand la trompe sonne,
Au milieu des guerriers, comme vne autre Bellone,
Tu parois d'vn cœur haut, & braue, & genereux.
Mars a le nom du Mois où tout reprend naissance;
Tes deux Noms ont rapport aux deux Noms bien-heureux
Qui refont nostre essence.

L'vn est Marie qui a porté nostre salut; & l'autre Medicis, faisant allusion sur la Medecine.

6. IVPITER est clement, facille, & debonaire,
Tu ne l'es moins qu'il l'est: vn chacun le reuere,
Et chacun par honneur reuerence te fait:
L'Aigle est joint auec luy, ton sang vient de l'Empire;
Des Roys il est le Pere, & suiuant tel effet
Leur Mere on te peut dire.

7. SATVRNE est lent & froid, & ton ame est posee:
Sa vertu ruë à bas toute chose opposee;
Qui sçauroit contredire aux loix de ton pouuoir?
Il est secret, tu l'es autant qu'on le peut estre:
Il fut en l'Age d'Or, & nous l'esperons voir
En tes iours apparestre.

Qui souhaittera donc, admirant ta loüange,
Te voir reellement; soit des terres du Gange,
Soit de l'Austre, de l'Ourse, ou des riues d'Atlas,
Soit des lieux retirez de la hantise humaine,
Qu'il ne fende la mer, & ne guide ses pas
Vers nous à tant de peine.

Mais REYNE (dont la gloire en tous lieux est cogneuë)
Seulement qu'il estende & qu'il jette en la nuë

Ses yeux pour les conduire au cœleste pourprix:
Sans quitter Horizon, ny pays, ny demeure,
Alors il te verra, de merueille surpris,
Comme nous à toute heure.

COMPARAISON DV SOLEIL auec sa Majesté.

SONNET.

CHacqu'vn pour vous loüer vn Soleil vous appelle,
O REYNE *dont la gloire est viue en ces bas lieux,*
Et moy volant plus haut, & voulant dire mieux,
Ie penserois errer si ie vous nommois telle.
Il flambe vers la terre, & comme vne Immortelle
Agissant plus que luy, vous flambez vers les Cieux:
Il produit seulement la verdure à nos yeux,
Et vous des grands SOLEILS *dont l'honneur estincelle.*
Il enfante la nuit pleine d'obscurité;
L'Horizon des François est par vous en clarté:
La mort il donne aux Lys, & vous leur donnez vie.
Ie parle sans flatter, on le cognoist à l'œil:
Estant donc moins que vous, grande Reyne MARIE,
Ne faillirois ie pas vous nommant vn SOLEIL?

COMPARAISON DV RO & d'Alexandre le Grand.

DE LOVYS auec Alexandre
Ie veux faire comparaison:
Si quelqu'vn m'en vouloit reprendre
Manqueroit-il pas de raison?
Deux riches perles esgalees,
Deux Lys ne ressemblent point mieux,

Qui de nuit brillent dans les Cieux.
L'vn fut vn guerrier indomptable
Au cours de ses plus ieunes ans:
L'autre n'est pas moins redoutable
Es nouueaux iours de son Printemps.
L'vn fut liberal (s'il faut croire
A la voix de l'Antiquité:)
L'autre publie autant de gloire
En sa Royale MAIESTÉ.
L'vn fit resider la Iustice
Et la pieté dans son cœur:
L'autre honnorant leur exercice,
Maintient leur puissance en vigueur.
L'vn fut la mesme continence
Aux yeux des plus rares objets:
L'autre est la mesme resistance
Enuërs les plus dignes sujets.
L'esprit, l'honneur, & la sagesse
En l'vn respandoient leurs clartez:
L'autre, en desmentant la jeunesse,
A les pareilles qualitez.
L'vn fut brun, mais clair tout ensemble,
Auguste de face & de corps:
L'autre diuinement assemble
Comme luy ces humains thresors.
L'vn tousiours reuera sa Mere,
L'aymant, soit de loing, soit de prés:
L'autre a bien la sienne autant chere
Que ce grand Empereur des Grés.
L'vn fut capital aduersaire
Du luxe & de la vanité:

L'autre

'autre est en sa pompe ordinaire
Vn miroir de simplicité.
Le soin, le hazard, & la peine
De l'vn formerent les deduits :
L'autre, d'vne humeur toute sienne,
Y donne les iours & les nuits.
L'vn fut bien aymant au possible,
res-bon, tres clement & tres doux:
L'autre en ame irreprehensible
A tels honneurs par dessus tous
L'vn fut amoureux de la chasse,
Estant l'image des combats :
L'autre fait voir de place en place
Comme il en cherit les esbats.
L'vn d'vne loüange premiere
Se fit à cheual estimer:
L'autre s'est fait dans la carriere
A la jouste ainsi renommer.
L'vn vint enfant au Diadesme
Par la mort d'vn Roy genereux :
L'autre vint au Sceptre de mesme
Par la fin d'vn ROY valeureux.
L'vn eut Hercule pour ancestre,
Dont les faits sont encore oüys:
'autre à la gloire de son estre
u grand Hercule SAINCT LOVYS.
Vne Reyne en Grece honnorée
l'vn donna commencement :
ne REYNE en France adorée
Mit l'autre au iour pareillement.
De LOVYS auec Alexandre

Ie fays ainsi comparaison :
Si quelqu'vn m'en vouloit reprendre
Manqueroit-il pas de raison ?
Deux riches perles esgalees,
Deux Lys ne ressemblent pas mieux,
Ny deux lumieres estoilees
Qui de nuit brillent dans les Cieux.
On n'y sçauroit pas contredire,
Sinon que l'vn n'a iamais veu
Son los par les Muses descrire,
Et l'autre est d'elles recogneu.
Tellement que ce ROY des Princes
Ne doibt, comme il fit, souhaitter
Pour la moitié de ses Prouinces
Vn Homere pour le chanter.
Dès le moment de la naissance
Il est d'vn tel heur iouïssant,
Qui pour moins de recognoissance
Tousiours le rendra fleurissant.

COMPARAISON DV ROY ET DES-CHARLES MAGNE.

SONNET.

DAns vostre grand Paris à bon droit vous entrez
Le iour S. Charles Magne; il domta l'infidelle,
Et nous voyons ainsi l'infidelle rebelle
Veincù par vos efforts de merueille illustrez.
Il estoit Roy de France, & les rayons astrez
De là haut vous font estre en mesme parallele:

Il estoit Empereur, ce bon-heur vous appelle,
Au gré des actions que desia vous montrez.
ous estes comme luy d'heroique stature:
Il fut Sainct, & vos meurs nous donnent conjecture
Que vous serez vn iour reclamé dans les Cieux.
ais pourtant vous aurez le droit de preference,
D'autant qu'en l'age d'homme il fut victorieux,
Et que vous l'estes, SIRE, en vostre adolescence.

OMPARAISON DE LA REYNE ET DE BLANCHE DE CASTILLE.

SONNET.

N te saluant REYNE, il me semble estre vieux
De plus de trois cens ans que ne porte mon âge;
Car en toy i'apperçois & l'ame & le visage
De BLANCHE DE CASTILLE, vn miracle des cieux.
ature la fit belle; on ne void point tes yeux
Sans iuger en leur grace vn pareil aduentage:
Elle fut humble, honneste & vertueuse, & sage,
Ta gloire à cette gloire est conforme en tous lieux.
n S. LOVYS par elle esclata dans la France;
En tes meurs on conçoit vne mesme esperance:
Elle enfanta la paix, on en iouyt partout:
i bien qu'à l'aduenir & le pauure & le riche,
Comme à present de BLANCHE, auront la mesme foy
D'ANNE, le parangon de la Maison D'AVSTRICHE.

COMPARAISON DE MONSIEVR ET DE MADAME D'ORLEANS AVEC LE Signe des deux Gemeaux.

SONNET.

Vous ressemblez tous deux à l'Astre des Gemeaux,
En l'heureuse vnion de vostre mariage,
O grand PRINCE! *ô* PRINCESSE *autant belle que sage,*
De qui nous esperons des miracles nouueaux!
Ils forment le Printemps où les mois sont plus beaux,
Où toute chose naist; & soubs mesme aduantage
D'vn Printemps bien heureux vous decorez nostre âge,
Par vn ENFANT *choisi pour adoucir nos maux.*
En suitte du Printemps que les Gemeaux font naistre,
La saison de l'Esté commence de paraistre:
Ayant ainsi produit tel ENFANT *desiré,*
LOVYS *& son* ESPOVSE *en donneront au Monde*
Vn que DIEV *choisira, de tous biens honnoré,*
Pour commander vn iour sur la terre & sur l'onde.

COMPARAISON DV ROY ESTANT DAVPHIN, Au Dauphin celeste. 1610.

En mes vers, où ton nom resplendit en maints lieux,
Ie trouue (ô grād DAVPHIN) *que le* DAVPHIN *des Cieux*

Correspond auec toy d'humeur & d'influance:
Il luit au Firmament, tu luis parmi la France,
Et comme par la nuit il flambe de clartez,
Ainsi ton œil esclaire en nos aduersitez.
PEGASE, qui fonda la source d'Hipocrene,
Où les Muses vont boire en leur viue fontaine,
Le joint auec la teste; & ces Nymphes de prix
Logeront dans ton ame & dedans tes esprits.
Il consiste en Neuf feux qui luy donnent lumiere,
Et ces nœuf Belles, dont la gloire est singuliere,
Feront que ta loüange & que tes nobles faicts
Reluiront par le Monde honnorez à iamais.
Il touche à L'EQVINOXE, où le poids se rencontre
Au fonds de la BALANCE; & le Destin nous monstre
En ces ieunes vertus qui brillent sur ton front,
Que par toy la Iustice & le Droit fleuriront.
Il est proche de L'AIGLE, & tu l'es de l'Empire:
En queu' du SAGITAIRE, on le void tousiours luire
Quand il se met en veuë, & l'Ennemy fuira
Deuant ton bras armé qui l'espouuentera.
D'vn poinct tant seulement vous differez ensemble:
Quand la VIERGE apparoist, & que la belle assemble
Mille rays dans ses yeux d'vn attrait allechant,
Il disparoist à l'heure, & s'enfuit au Couchant:
Mais toy, PRINCE bien nay, plus humain que farouche,
Tant s'en faut que l'attraict d'vne Vierge rebouche
Au deuant de tes yeux, que sa ieune beauté
Rendra par vn Hymen ton desir arresté,
Pareil au grand Achile, autant propre aux doux charmes
Des passions d'amour, qu'il estoit braue aux armes.

Voylà comme ie trouue, en consultant mes vers
Où ton nom doibt suruiure autant que l'Vniuers,
Qu'vne mesme influence à nos yeux manifeste,
Heureusement t'esgale au beau DAVPHIN cœleste:
DIEV se rencontre en nous, & quand il nous assaut,
Vn aiguillon nous poinct qui rend nostre sang chaud,
Lors nous prophetisons, esleuez par la Muse.
Or comme ce bel Astre où la gloire est infuse,
Apparoist dans le Ciel auec l'Astre fameux
De la Gregeoise LYRE, ainsi clair à mes vœux,
Puisses tu, grand DAVPHIN, quelque iour apparoistre
Auec ma douce Lyre, en faisant recognoistre
A la posterité, fauorisant ma voix,
Que tu pares de l'estoc de FRANCOIS DE VALOIS.

DELPHIN COELESTIS.

VErsibus in nostris quà se tua gloria pandit
Cœlestem DELPHINA tibi clarissime DELPHIN
Lucenti virtute parem dum fingimus, audi.
Emicat ille Polo radians, lux altera regni
Tu Salici, quantúmque caua se noctis in vmbra
Exerit, affulges patriæ tu casibus atris.
PEGASVS author aquæ Permessidos ad caput illi
ungitur vt castæ tibi se iunxere Sorores,
Adiungétque tuis Helicon sua carmina factis.
Stellis ille nouem constat, totidémque Deabus
Laudis erit par cura tuæ, quæ gesta per Orbem
Sparsa ferant, nomém que tuum immortale coronent.
Ille oritur cùm LIBRA pares æquauerit horas,

Sic tua Iustitiam faciet regnare potestas,
Et conseruabit librilia juris & æqui.
Ille AQVILÆ propior, Germanum sic tua virtus
Atteret imperium: Quin vt micat ille tremendi
Calce SAGITTIFERI, tua sic fugi[illegible]us Iberus
Arma tremet, vertet tibi terga Britannicus hostis.
Estis in hoc modò dissimiles, quod VIRGINIS ortum
Detrectat DELPHIN, quotiesque emergit Olympo
Virgineum iubar, ille oculos auertit & aufert.
Tu contrà, tua cùm matura adoleuerit ætas,
Et visu facilis dictuque affabilis, omnes
Ibis ad egregias forma stimulante puellas,
Inter quas vna ante alias pulcherrima Nympha
Nupta tibi, decus eximium nomenque parabit
Quatenus indomito par sit tuus ardor Achilli
Ore nitens, & Marte potens, & Amore beatus.
Sic non carminibus nostris indictus abibis
Clare PVER nostræ spes & tutela Camœnæ
Quæ tua fata libens DELPHINI comparat astro
Illius vt cœptis faueas, qui diuite penna
Differere immensum gestit tua facta per Orbem.
„ Est Deus in nobis, quos Numen Appolinis vrget,
Et facit Herôas numeris super astra referre;
Propterea in nostris vis est non parua cothurnis.
Denique DELPHINVM veluti LYRA sæpe benigno
Lumine prosequitur, sic tu clarissime DELPHIN
Sis bonus ô placidusque mihi, nostrumque laborem
Et nostram dignare tuo candore Thaliam,
Vt memor illa tuæ iactet præconia famæ,
Et ventura sciant LODOVAEVM secula magnum
DELPHINVM, virtute Patrem, pietate Parentem,
Et Phœbi studijs FRANCISCVM æquasse VALESVM.

HIERONIMVS SEGVIERIVS
Præses Prætorianus.

SONNET.

I'ay donné de mes vers à cinq fameuses REYNES,
A deux ROYS *genereux, à deux grands* FILS *de Roy,*
Mainte digne Princesse & maint Prince ont de moy
Receu d'vn mesme train mes veilles & mes peines.
Roys & Princes lointains ont des preuues certaines
D'vn mouuement esgal, & si ie ne m'en voy
Fortuné d'aduentage, ô Muse cache toy,
L'on n'ayme plus à boire en tes viues fontaines.
En France, en Angleterre, en Espagne, en Piemont
I'ay fait voir à ce prix de quelle traitte vont
Ceux où l'Eternité des merites se fonde.
Pour le moins i'ay la gloire en ce trait malheureux
Que les plus releuez & les plus Grands du Monde
Ont eu de ma richesse, & que ie n'ay rien d'eux.

GARNIER.

VIxere fortes ante Agamemnona
Multi: sed omnes illacrymabiles
Vrgentur, ignotique longa
Nocte: carent quia vate Sacro, Horat.

FIN.

www.ingramcontent.com/pod-product-compliance
Lightning Source LLC
LaVergne TN
LVHW010315230826
846091LV00009B/3661

* 9 7 8 2 0 1 9 7 2 0 9 6 4 *